AF473170

ORAISON FUNEBRE

DE HAUTE ET PUISSANTE DAME
MARIE REINE,
NÉE BARONNE DE KESSELTADT:
DOUAIRIERE DELZ.

Prononcée le 2. Août 1718. dans l'Eglise Parroissiale Dottange, par le R. P. Raphaël de Luxembourg, Prédicateur & Gardien des Capucins de Langres.

A NANCY,
De l'Imprimerie de NICOLAS-BALTAZARD, Imprimeur de S.A.R. Libraire à l'Image de S. Antoine de Padoüe, proche les RR. PP. Capucins.

M. DCC. XIX.

CUM ELECTIS FOEMINIS graditur cum juſtis & fidelibus agnoſcitur, Eccl. 26.

Elle marche avec les Femmes choiſies, & on la reconnoit aiſément parmy celles qui ſont juſtes & fidéles. Dans l'Eccleſiaſtique, Chapitre 26.

EST-ce pour eſſuyer nos larmes ; n'eſt-ce pas plûtot pour en juſtifier le motif, que je repreſente ſous ces traits, telle qu'à toujours paruë à nos yeux l'Illuſtre Défunte que la mort vient de nous enlever ! qu'elle triſte reſſource à la douleur de ſa perte, que celle que nous cherchons dans le ſouvenir de ſes grandes vertus ; plus elles nous ont rendu ſa vie précieuſe, plus elles nous doivent rendre ſa mort affligeante, & la richeſſe du tréſor que nous poſſedions, ne ſert aujourd'huy qu'à nous mieux faire ſentir la grandeur de la perte que nous faiſons.

„ Periſſe la memoire de l'impie, que ſon nom ſoit enſeveli, & Sap. 2.
„ qu'il pourriſſe avec luy dans la corruption du tombeau ? Prov. 10.
„ qu'effacé du livre de vie, il le ſoit de même du ſouvenir des Pſal. 68.

„ vivants, où si l'on se souvient de luy, que ce ne soit que
Prov. 11. „ pour loüer, & benir le Seigneur d'avoir delivré la terre d'un
„ sujet de scandale, & d'un objet de la colére du Ciel ; c'est
Psal. 111. „ uniquement le privilege du Juste de rendre sa memoire éter-
„ nelle, & d'avoir droit à l'immortalité dans l'esprit des hom-
Sap. 4. „ mes pendant qu'il en joüit dans le Sein de Dieu ; sa vertu qui
Sap. 4. „ étoit l'objet de notre imitation pendant sa vie, se fait encore
„ desirer aprés sa mort ; elle se montre à nos yeux comme un
„ flambeau lumineux, qui nous decouvre les vrais sentiers de la
Prov. 31. „ Justice, & dont il nous importe infiniment, que la lumiére
„ ne s'éteigne jamais pour nous dans la nuit du tombeau.

Ainsi s'exprime l'Esprit saint sur le sort different du Juste & de l'impie aprés leurs sortie de ce monde ; il veut que la memoire de celui-cy ne subsiste dans nos esprits, qu'autant qu'il est necessaire pour la detester ; & il veut, que non contents de conserver toujours celle du Juste, nous ne cessions jamais de desirer & de regretter l'exemple de sa bonne vie ; n'atendés donc pas que j'entreprenne de vous consoler dans votre douleur : si elle n'étoit fondée que sur la chair & le sang, je trouverois assés de motifs, & dans la raison, & dans la Réligion pour vous en faire sentir l'inutilité ; mais étant fondée sur la grace & sur la vertu, je ne trouve rien, ny dans la raison, ny dans la Réligion qui ne doive nous faire regretter le reste de nos jours une perte, que rien ne pourra reparer.

Où retrouver, dans le siécle ou nous sommes, l'exemple d'une vie Chrétienne aussi digne des siécles les plus fervents de l'Eglise : une integrité de mœurs aussi édifiante, une pieté aussi solide, une charité aussi étenduë, un attachement à Dieu aussi fidelle ; un amour de la Croix aussi constant, un mépris du monde & de ses faux plaisirs aussi sincére ; des œuvres de misericorde aussi pleines ; en un mot un assemblage de toutes les vertus Chrétiennes aussi parfait, que celuy que nous avons tant de fois admiré, & qui nous instruisoit si parfaitement de nos devoirs dans la personne de feüe, *Haute & Puissante Dame* MARIE

REINE : *née Baronne de Kesseltadt, Doüairie d'Elz* ; Femme toujours appliquée à suivre les traces, & à réünir en elle les differentes qualités & perfections des Femmes les plus choisies de l'un & de l'autre testament ; la fidelité des Saras, la sagesse des Deboras, l'humilité des Esthers, la chasteté des Judiths, la charité des Marthes, la pieté des Annes, la patience des Elizabeths ; *cum electis*] *fœminis graditur.* Femme par consequent, que l'on reconnoit aisément parmi celles qui sont avoüés Justes & Fidelles, *cum justis & fidelibus agnoscitur.*

Un simple recit, de ce que nous avons vû, entendu, & presque touché de nos mains pendant le cours de sa vie, suffiroit pour justifier l'idée que je vous en donne : mais ou me méneroit-il ce recit ; & quel endroit de cette belle vie ne serois-je pas obligé de toucher : si javois entrepris de faire entrer dans cet Eloge Funébre, tout ce qui peut étre dit à sa gloire, & à notre édification ? Ce n'est pas icy une de ces vies mondaines dont il ne faut envisager que les derniers moments, pour y trouver quelques marques de Réligion qui puissent servir de fondement à un discours Chrétien ; ce n'est pas non plus une de ces Vies partagées entre Dieu & le monde, qu'il ne faut laisser entrevoir qu'à demi, & qui souvent seroient plus dignes de nos censures, que de nos loüanges ; si elle se trouvoient placées dans un point de vüe où elles parussent tout entiéres. Icy tout convient à un discours Evangelique ; tout est fait pour étre loüé dans un lieu, où l'on ne doit loüer que les actions des Saints ; car il n'est point de jour dans la longue carriére qu'à fournie notre Illustre Défunte, qui ne soit marqué par la pratique de quelque vertu Chrétienne ; Juste & Fidelle dans toute sa conduite, elle ne s'est jamais dementie, ny de la Fidélité qu'elle devoit à Dieu, ny de la Justice qu'elle devoit au prochain : attachée à Dieu par les liens d'une pieté solide & constante, elle a répondu, avec une exacte fidélité, à tous les desseins de la Divine Providence sur elle ; attentive à tous les devoirs qui regardent le prochain, elle a acquis par sa

charité le mérite de cette Justice, qui demeure dans les siécles
Ps. 111. des siécles : Comme c'est dans ces deux points, que consiste la perfection de la Loy, c'est à ces deux points, que je reduis tout l'Eloge, que je consacre à la memoire d'une Femme véritablement Chretienne, qui a accompli toute la loy selon les régles de la fidelité & de la justice : *Cum justis & fidelibus agnoscitur.*

PREMIER POINT.

Il est vray que la pieté n'est pas un fruit, qui naisse de la terre, ny qu'on y receüille comme un heritage de la chair & du sang ;
1. Jac. 17 c'est un don de l'Esprit Saint, qui vient d'en haut, & qui a son principe dans l'immuable Sainteté du Pere des lumiéres. Un Pere mortel peut bien transmettre à sa posterité ses biens avec son nom & ses dignités ; mais la pieté qui est un present de la grace, & non pas de la nature, ne se met pas au nombre des biens, qui passent par le droit de la naissance de luy à ses descendants.

Cependant il faut avoüer, que par une dispensation infiniment sage de la Divine Providence, l'ordre de notre naissance entre souvent dans celuy de notre salut ; & soit par les secrettes impressions que le Sang fait sur nous, soit par la force que l'exemple & l'éducation ont sur nous ; l'on voit presque toujours revivre dans les enfants les mêmes penchants pour la vertu, ou pour le vice que l'on avoit remarqué dans ceux dont ils ont reçeu le
Gen. 9. jour. Comme il y a des races de Canaan, où l'impieté & la malediction du Ciel semblent être heréditaires ; il y a des famil-
Gen. 11. les de Heber dont le Seigneur forme son peuple Elû & qui conservent au milieu de la confusion de Babilone le langage & la Réligion de leurs Peres, des Familles, qui semblables à celle du Saint homme Tobie, ont la gloire de ne fournir de toutes parts que des exemples de vertu & de ne produire que des enfants des Saints :
Tob. 2. *Filii Sanctorum sumus.*

N'en cherchons point de preuves hors de l'histoire de la femme fidéle que nous loüons : sortie d'une famille dont le nom renferme ce que la nobleſſe a d'Illuſtre, & la vertu reſpectable, où la pieté & le ſang coulent d'une même Source, & conſervent leur alliance toujours pure; où la haute naiſſance n'a jamais rien perdu de ſon éclat, ny la vraye religion de ſon luſtre: d'une famille auſſi diſtinguée plus diſtinguée même par la ſainteté des miniſtres du premier ordre qu'elle a donné à l'Egliſe, que par l'Auguſte rang des Princes Electeurs qu'elle a donnez à l'Empire. Sortie disje, d'une famille où l'on étoit depuis pluſieurs ſiécles en poſſeſſion de ſucceder à de grandes vertus; auſſi-bien qu'à d'Eminentes dignités, elles trouva dans les exemples domeſtiques les motifs & les regles de la fidelité qu'elle devoit à Dieu.

Il ſuffit de nommer les Nobles & anciennes Maiſons *Delz & de Kesselstade*, dont l'Illuſtre Sang ſe trouvoit mélé dans ſes veines, pour reconnoitre la Juſtice de l'idée que j'en donne; car qui ne ſçait que dans l'une & l'autre on a toujours regardé l'honneur, la probité, la crainte du Seigneur, la pieté ſincére, la Réligion pure & ſans tache comme des biens heréditaires; qui ne ſçait? que ſous la conduite de Pere & Mere de notre pieuſe Défunte pour apprendre à marcher fidellement dans les voyés du Seigneur, il ne falloit qu'imiter la fidélité avec laquelle ils y marchoient eux-mêmes; loin de l'inſenſée vanité de la plûpart des perſonnes de leur rang, qui croiroient degrader leurs Ancétres s'ils s'appliquoient eux-mêmes à leur former une poſterité digne du nom de Chrétien qu'ils portent; & qui, pour inſpirer à leurs enfants trop de délicateſſe ſur ce que les peuples doivent à leur condition, les laiſſent ſouvent ignorer, ce qu'ils doivent eux-mêmes à Dieu, & à leur Réligion; loin dis-je, une ſi profane & ſi pernicieuſe conduite: *Monſieur le Baron & Madame la Baronne de Keſſelſtadt*, crurent que le ſoin de jetter, & de cultiver les Semences des vertus Chrétiennes dans l'ame de la jeune Heritiére, que le Ciel leur avoit donnée, étoit un devoir eſſentiel qui les regardoit perſonnellement; & le Seigneur beniſſant des vuës ſi ſaintes, ils firent prendre délors dans cette belle

Ame, de si profondes racines à la pieté Chrétienne, qu'elle en devient bien-tôt le modéle le plus achevé.

A peine sa raison, developée des tenébres de l'enfance, étoit capable de recevoir des instructions, que par son application à tous ses devoirs, elle pouvoit déja en donner aux autres, humble, modeste, charitable, obéissante, penetrée de respect pour les choses Saintes, assiduë & receuillie dans la priére, édifiante & réguliére dans toute sa conduite; il sembloit qu'elle eût reçu l'habitude de toutes les vertus avec l'inclination, qu'elle avoit à les pratiquer toutes: & l'on eût dit, que la grace comme d'intelligence avec la nature, ne se servoit que de son heureux naturel, pour l'accoutumer à ne vivre que pour Dieu dans un age, où à peine vit-on pour soy-même.

De-là cette sainte resolution de quitter le monde, avant même qu'elle fut en état de comprendre que l'esclavage du monde pût être un obstacle à la liberté, qu'elle cherchoit de se consacrer entiérement, & pour toujours au service de son Dieu. De quels innocens artifices n'usa-t-elle pas! à qu'elles pieuses intrigues n'eut-elle pas recours, pour faire réüssir une entreprise si Sainte?

Vous le sçavez, ô mon Dieu! & c'est icy un de ces traits de sa vie qui ne sont connus que de vous, & de ceux qu'elle a bien voulu honorer de sa confiance: vous sçavés, avec qu'elle ardeur elle se hatoit de consommer un sacrifice, dont vous luy aviés inspiré le dessein, lorsque content de sa fidélité à répondre à votre voix, vous permites que l'exécution en fut empéchée.

C'est une conduite que le Seigneur tient assés souvent avec ses Elûs, pour accroitre leurs mérites, & les rendre dignes des differentes Couronnes qu'il leur destine; il les engage luy-même par les secrettes impressions de sa grace, dans de saintes & glorieuses entreprises: où il ne veut pas neanmoins qu'ils réussissent; mais il veut que la préparation de leur cœur, à suivre ses ordres, leur fasse meriter les recompenses qu'il accorde à ceux dont-il fait choix pour les exécuter. Ainsi la gloire du Martyre n'est pas moins le partage de ceux qui en ont eû la volonté, que de ceux qui

qui ont eû le bonheûr de le souffrir. Ainsi le Sacrifice du jeune Isaac fut trouvé digne de l'effet des promesses du Seigneur, quoyqu'il ne fut pas accepté ; Dieu qui l'avoit ordonné, se contenta de l'obéissance de la Victime & il arréta luy-même le bras qui devoit l'immoler. Gen. 22.

Par une conduite de sa Providence assez semblable, il agréa la soumission, avec laquelle notre Jeune Baronne se disposoit à luy offrir un Sacrifice, dont il luy avoit luy-même inspiré le desir ; mais dont la consommation n'avoit pas été ordonnée dans le Conseil de la Sagesse éternelle ; dirai-je ? que ce fut parce que, comme Isaac elle étoit déstinée à recevoir la benediction d'une Illustre & nombreuse postérité, qui soutient parmi nous avec tant d'éclat la pieté de ses Ancetres, & la gloire de sa haute Naissance : où parce que Dieu préparoit délors en sa Personne un exemple de pieté au monde, dont les fruits devoient s'étendre trop loin, pour demeurer renfermés dans l'obscurité d'une retraite.

Sans sonder les secrets du Tres-haut : contentons-nous de dire, que le cœur de notre vertueuse Baronne étoit entre ses mains, & que c'étoit assez qu'elle connut ses volontés pour y soumettre les siennes, trop penetrée de son amour, pour ne pas desirer de luy plaire dans l'état le plus parfait, elle étoit en même-tems & trop humble, & trop docile pour n'étre pas contente de celuy, que les ordres de la providence luy marquoient. Que cette disposition est Sainte ; & que l'on est parfait, quand on l'est assez, pour faire consister toute sa perfection dans une aveugle obéissance aux volontés de son Créateur ?

Mais ne croyons pas que l'on s'établisse sans peine dans une si heureuse situation ; il en coûte aux délicatesses de l'amour propre, & à je ne sçai quel secret orguëil de l'esprit humain, pour rendre à la Souveraine Sagesse de Dieu un hommage si universel de toutes les lumiéres de son Esprit, & de tous les desirs de son cœur : rien n'étant plus ordinaire, que de trouver dans les Ames les plus occupées du soin de leur salut, un certain fond de presomption, qui leur perſuade que dans la Maiſon du Seigneur, il n'eſt point de place qui leur convienne mieux, que celle quelles ſe ſont marquées à elles-même ; inquietes tout aillieurs, elles ne conſidérent pas, que quelques Saintes que ſoient leur volontés, elles n'ont de merite devant Dieu, qu'autant quelles ſont ſoumiſes à la ſienne.

Ce fut cependant ce que conſidera dez ſa plus tendre jeuneſſe celle dont nous loüons la fidelité. Quelques peines qu'elle ſentit à renoncer au Saint empreſſement, qu'elle avoit de quitter le monde & toutes les choſes creées. Quelque violence qu'il falut qu'elle ſe fit, pour combatre les mouvemens de la pieté, par l'obéiſſance, dont cette pieté même luy faiſoit un devoir indiſpenſable. Quelque repugnance qu'elle eût à reprendre des chaines, qu'elle croyoit avoir rompuës, & à quitter un Autel ſur lequel elle ſe flattoit de conſommer bien-tot le ſacrifice, qu'elle vouloit faire à Dieu de toutes les eſpérances du ſiécle : dez qu'elle connut que la voix du Ciel s'accordoit avec celle de la terre ; ç'en fut aſſez, pour obéir à l'une & à l'autre, elle ſurmonta tout à la fois & ſes inclinations, & ſes repugnances.

Mais le Seigneur luy fit bien-tot connoitre, qu'il y a dans les ordres de ſa Providence, pour les ames fidéles à les ſuivre, d'infaillibles reſources aux dangers qui leur paroiſſent les plus extrémes : l'Epoux qu'il luy avoit deſtiné étoit un de ces Juſtes, dont la vertu ſelon la promeſſe de l'Eſprit Saint, trouve dez cette vie ſa recompenſe dans la ſageſſe des Epouſes qui leur tombent en partage ; & loin, que les liens du Sacrement, qui l'attachérent à un Epoux mortel, l'obligaſſent de rompre, ou de relacher ceux, qui l'uniſſoient à l'Epoux immortel & inviſible de ſon ame : elle eut la conſolation de voir, qu'ils ne ſervoient qu'à en reſſerrer plus étroitement les nœuds Sacrés. Les vertus entrérent avec elle dans la même alliance, & ſemblable à la Jeune Sara : elle trouva dans

Tob. 3. „ le Cœur de ſon Illuſtre Epoux les mêmes penchants pour la pieté qu'elle ſentoit dans le ſien.

Avec qu'elle fidélité profita-elle des diſpoſitions ſi heureuſes ; & avec qu'elle ardeur s'appliqu'a-t'elle à ſes exercices de pieté ; quand elle connut, que la liberté de servir Dieu, selon toute l'étenduë de son cœur, étoit un des privileges de son état ? Nous l'avons vuëes, & qui a pû l'a voir sans étonnement : dans ces longs, & fervents exercices d'une pieté toujours solide, toujours constante, & toujours uniforme. La soumission de sa volonté à celle de Dieu en étoit le fondement, & établie sur un fondement si solide ; pouvoit-elle jamais, ou se dementir, ou se relacher ?

Qu'une Ame, qui se fait une devotion de caprice, ou d'humeur, & qui ne consulte, que son goût dans le choix, qu'elle fait de la maniére de servir Dieu, ne se soutienne pas long-tems : je n'en suis pas surpris. Sujet à de continuelles vicissitudes, le cœur humain ne peut avoir, que l'inégalité & l'inconstance pour partage, si une loy Supérieure ne régle ses mouvements : ce qui luy plait aujourd'huy, luy déplaira demain ; & livré à des extrémités toujours dangereuses ; tantot à une excessive sévérité, & tantot à une molle indulgence, il abandonnera bien-tot par dégoût, ce qu'il n'avoit commencé que par caprice. Mais que la volonté toujours sainte, & toujours immuable du Créateur soit l'unique régle qu'elle consulte, & qu'elle se fasse une Loy Souveraine de la suivre en toutes choses : sa pieté pour lors fondée sur la Pierre ferme, se soutiendra également dans toutes les épreuves, qu'il plaira à la Divine Providence de faire de sa fidélité.

Et tel a été le fond de l'édifiante pieté de la Femme fidéle, que nous loüons, ny dissipée dans la prospérité, ny négligée dans l'adversité. La pieté étoit toujours la même, & répondoit également à tous ses devoirs : soit qu'un Ciel serain luy donna des jours heureux ; soit que couvert de nuages, il luy en fit voir de tristes & infortunés. La volonté accoutumée par un long exercice à se perdre continuellement dans celle de Dieu, n'avoit besoin que d'un moment de reflexion, pour se dire à elle-même ; Dieu le veut & je le veux aussi. De-là cette force, & cette égalité de son esprit, dans les occasions, où les Ames les plus robustes eussent contez pour quelque chose de ne pas faire paroitre d'indignes foiblesses, & de ne s'échapper pas en plaintes indiscrettes.

Que j'aurois de grandes choses à dire, s'il m'étoit permis d'entrer dans le détail de toutes les épreuves où Dieu la mise, & où il l'a toujours trouvée fidéle & digne de luy; une seule me suffit. Mais helas! suis-je destiné à rouvrir toutes les Playes d'une Illustre Famille: & faudra-t-il, pour nous édifier par la pieté de la Mere, rappeller sous les yeux des Enfants, le triste moment qui leur fit pleurer la perte du Pere? Volontiers je leur épargnerois la douleur d'un souvenir si amer, si le genereux ascendant, que la pieté prit dans cette occasion sur le cœur & sur la tendresse de cette incomparable Mere, étoit moins essentiel à sa gloire & moins importans pour notre instruction; mais pourrai-je, sans trahir les interêts de l'un & de l'autre, ne pas relever ici ce prompt, & Réligieux hommage, qu'elle rendit à la volonté supréme de son Créateur; lors qu'on vint luy annoncer la triste nouvelle de la mort du BARON son Epoux? Hatés-vous tendresse, estime, veneration, confiance: hatés-vous de verser vos larmes & de pousser vos gemissements & vos plaintes: pour vous imposer silence, cette tendre, mais pieuse Epouse, ne demande que le tems, qui luy est necessaire, pour reconnoitre & adorer la main, qui vient de luy porter un si rude coup: elle la déja reconnuë, & pour luy rendre une adoration digne de sa Foy & de sa pieté, elle proteste, que s'il ne faloit qu'une parole, pour racheter contre la volonté de son Dieu, une vie qui luy étoit si chére & si précieuse: sa langue demeuroit muette, & ses lévres immobiles? Quoy de plus grand & de plus digne du Christianisme le plus parfait: & ne merite-t'elle pas aprés cela: ô mon Dieu! que vous luy laissiez porter ce nom Mystérieux de votre volonté en elle, que vous fites donner autre-
Isaac. 6. „ fois à Jerusalem par un de vos Prophétes? *vocaberis voluntas mea in ea.*

Oui: la volonté du Seigneur étoit en elle, où plûtot sa propre volonté étoit tellement absorbée dans celle de cét Etre Supréme, que vouloir ce que Dieu vouloit, étoit devenu comme l'ame de son ame, & le principe de tous ses mouvements: elle ne raisonnoit ny ne décidoit de rien que sur ce seul principe: ce n'étoit ny ce qui se rapportoit, où ne se rapportoit pas à ses interêts, où à ses inclinations; ny même ce qu'elle pouvoit faire, où ne pas faire sans peché, qui la determinoit dans ses incertitudes; mais uniquement ce qu'elle jugeoit plus conforme à la volonté de Dieu.

Qu'en pensez-vous M. une pieté établie sur un principe si solide, peut-elle ne l'étre pas; & qu'elle union avec Dieu n'est-on pas en droit de supposer dans une ame, qui est parvenuë à un si parfait dépoüillement d'elle-même? Que ne puis-je vous decouvrir ici l'intérieur de cette belle ame, & vous faire voir ce qui si passoit dans ces longues & ferventes Priéres; dans ces pieuses & profondes méditations, dans ces devotes & frequentes Communions, qui ont fait de sa vie mortelle une conversation continuelle avec le Ciel, & un commerce presque sans interruption avec Dieu? Vous verriez une Ame tellement penétrée de la presence & de la Majesté de son Dieu, que l'on eut dit, qu'elle n'avoit jamais eû de commerce avec le créatures; où que, par un espéce de miracle, les Images sensibles qui pouvoient luy en rester, s'éfaçoient de son esprit aussi-tot qu'elle se presentoit devant Dieu pour luy rendre ses adorations, & luy adresser ses Priéres. Je dis par une espéce de miracle: car comment appeller autrement ce don privilegié, qu'elle avoit, d'oublier & d'anéantir dans son Esprit; s'il est permis de parler de la sorte, toutes les affaires du siécle, quelques multipliées & quelques embarrassantes quelles fussent & par rapport à son rang, & par rapport aux interêts d'une Illustre & nombreuse Famille, dont elle étoit chargée; & cela dans le moment même qu'elle les quittoit, pour reprendre les exercices ordinaires de sa pieté. Jugeons-en par ces idées importunes, & par cette multitude d'opiniatres fantômes, dont notre imagination se trouve si souvent agitée, & qui viennent interrompre notre attention jusqu'au milieu des Mystéres les plus Saints & les plus redoutables de notre Réligion. Faudroit-il moins qu'un miracle, pour fixer cette inconstance, & cette legéreté de notre esprit, qui nous fait sans cesse errer d'objet en objet; & qui dans la Priére la plus courte, nous laisse à peine la consolation d'y étre uniquement occupée de Dieu?

Mais pourquoy recourir au miracle : le don de l'Oraison quelque peu qu'il soit connu dans le siécle où nous vivons, n'est-il pas comme une recompense naturelle d'une pieté aussi solide, que l'étoit celle de *Madame la Baronne Delz ?* Partout elle cherchoit Dieu, & sa Foy le luy rendoit present partout ; au milieu des assemblées, & des embarras du siécle. Dieu étoit toujours le principal objet, sur lequel son Ame tenoit les yeux attachez, & sa Loy sainte, quelle ne perdoit jamais de vûe, régloit toutes ses actions & luy dictoit
Can. 3. „ toutes ses paroles : ainsi semblable à l'Epouse des Cantiques ; si elle est obligée de traverser les ruës & les places publiques de la Citée? (C'est-à-dire de se repandre au dehors, & de se préter aux affaires du monde,) elle a le bonheur de trouver par tout celuy, que son Ame cherche & cherit uniquement. Et quand debarrassée du commerce des créatures, elle joüit de l'heureuse liberté de se reposer en luy ? Faut-il s'étonner qu'elle oublie avec tant de facilité, ce qui pouvoit étre pour elle un sujet de lassitude & d'ennui, & non pas d'attachement & de dissipation ?

Je m'étonnerois bien plûtot, si dans le tumulte d'une vie mondaine, où l'on laisse à ses passions la liberté de s'attacher à tous les objets qui se presentent, l'on ne rencontroit pas les difficultés de s'appliquer à Dieu dans la Priére, dont on se plaint si souvent, & que l'on surmonte si rarement : Quelle apparence que dissipée sans cesse, & livrée par choix à une infinité de pensées & de desirs profanes, une ame s'en defasse tout-à-coup ; & que passant d'une extrémité à l'autre, elle soit tout en Dieu, un moment aprés qu'elle a été tout au monde. L'habitude de vivre dans l'oubli de Dieu, est inseparable du dégout de la Priére, & le dégout de la Priére de l'égarement de l'esprit : comme au contraire l'habitude de marcher dans la presence de Dieu, & d'avoir la pensée toujours arrétée sur luy, entretient dans une ame, avec le gout de ses divines communications, la facilité de se recüeillir toute entiére en luy, & de faire disparoitre, par une simple vûe de sa presence, tous les objets qui pourroient ou troubler ou partager son attention.

Heureuse disposition ! avec laquelle notre Pieuse Défunte s'approchoit de Dieu dans la Priére. Le respect & le recüeillement qui la rendoient comme immobile aux pieds de nos Autels, ne nous on jamais permis d'en douter, & il suffisoit de la voir dans ce saint exercice, pour juger que son Ame uniquement occupée de la grandeur du Dieu qu'elle adoroit, suspendoit tout le commerce qu'elle pouvoit avoir avec ses sens; rien de tout ce qui l'environnoit, ne fut jamais capable de surprendre son attention: elle avoit fait un pacte avec ses yeux & ses oreilles, de ne contempler & de n'écouter que son Bien-aimé qui se découvroit aux yeux de sa Foy, & qui luy parloit cœur à cœur.

Mais qu'elle fut dans ce divin commerce sa consolation; & avec qu'elle douceur épanchoit-elle son Ame, devant ce Dieu de toute consolation? Il est aisé d'en juger par le Saint empressement, qu'elle avoit, de le chercher dans toutes les pratiques de la pieté Chrétienne, & de procurer à son Ame la satisfaction de participer à toutes les graces qui y étoient attachées; ny la rigueur des plus rudes hyvers, ny les ardeurs des Etés brulants, ne furent jamais des obstacles à sa ferveur: elle étoit la même en tout tems, & elle ne connoissoit point d'autre danger, que celuy de perdre l'occasion de donner à Dieu des marques de son amour & de sa fidélité.

Par-là quels furent les admirables fruits des grands exemples qu'elle donnoit aux hommes? Dans combien d'ames tiédes a-t'elle resuscité le feu de la devotion: à combien de mondaines a-t'elle fait sentir leurs égarements & inspiré des desirs de conversion; qu'elle assemblée de pieté n'a-t'elle pas renduë & plus nombreuse, & plus respectable par sa presence? Des Parroisses presque desertes, ne se sont-elles pas repeuplées par l'exemple de son assiduité? La Parole de Dieu negligée; n'a-t'elle pas vû croitre le nombre de ses Auditeurs, par les personnes de tout Sexe & de toute condition, qu'un exemple si touchant y attiroit. L'on rougissoit de ne pas donner quelque marque de sa Réligion, pendant que lon voyoit *Madame la Baronne Delz*, en donner de si édifiantes de la sienne; & la molesse ne trouvoit plus de pretexte, ny dans l'embarras des affaires, ny dans la delicatesse du temperament pour s'en dispenser: quand on luy oppoſoit la ferveur avec laquelle la premiére Dame d'une Ville ſe portoit aux exercices les plus longs & les plus pénibles de la pieté Chrétienne.

Que dis-je? Embraſée de l'amour de ſon Dieu, elle ignoroit juſqu'au nom de longueur ou de peine dans tout ce qu'elle faiſoit pour ſon ſervice : joüir de ſa Divine preſence, y paſſer non ſeulement les heures, mais ſouvent les journées; & toujours dans la poſture la plus humble & la plus édifiante : c'eſt ce qu'elle appelloit ſe repoſer, & ſe delaſſer de ſes autres fatigues? La comme le Cerf alteré qui a ſçû ſe derober à la pourſuite du chaſſeur, ſon ame, fatiguée par le commerce des créatures, gouttoit à long traits les Eaux vives de la Grace, qui jailliſſent à vie éternelle; & qui ſont les doux rafraichiſſements que cherchent les Ames ſaintes dans l'ardeur de leur ſoif: & ſi elle étoit ſenſible à quelque peine, ce ne fut jamais qu'à celle d'être obligée d'interrompre de ſi innocentes delices, lorſque la prudence l'appelloit, comme la Femme Forte, au gouvernement de ſa Famille & aux devoirs de ſon état.

O! qu'une ame eſt pure quand elle trouve des attraits ſi puiſſants, & qu'elle goutte des douceurs ſi ſolides dans ſes entretiens avec Dieu: que j'aimerois à vous repreſenter, celle dont je parle, comme enivrée de ces ineffables douceurs pendant les précieux moments de ſes devotes & frequentes Communions! Mais qui ſuis-je pour faire comprendre aux autres, ce que ſans comprendre aſſez moy-même, je me ſuis tant de fois contenté d'admirer? Tout ce que j'en puis dire : c'eſt que pour convaincre le plus incredules de la preſence réel de JESUS-CHRIST dans l'Adorable Sacrement de nos Autels; je n'aurois ſouvent ſouhaité, que de pouvoir leur decouvrir l'intérieur de cette ſainte Ame, & les ſurprenants effets que la grace de ce Divin Sacrement y produiſoit: ils euſſent aiſément compris que la force preſque miraculeuſe qu'elle y puiſoit pour s'élever audeſſus de toutes les foibleſſes, & de tous les ſentiments de la nature, ne pouvoit être qu'un effet ſurnaturel de ce Pain Celeſte que l'Ecriture appelle le Pain des Forts; qu'il faloit bien que ce fut le Pain des Anges qu'elle mangeoit, puiſque les delices Saintes qu'elle y goutoit

goutoit, étoient trop pures pour ne pas venir de la même ſource, d'où les Anges tirent la joye de leur beatitude ; & ſurpris à la vüe de toutes les graces, qu'elle y obtenoit, ils n'euſſent pû douter, que ce ne fut l'Autheur de toutes les graces qui ſe fut donné à elle.

Car le Seigneur luy en accordoit de ſi rares, & de ſi privilegiées, que l'on peut dire, que la Divine Euchariſtie étoit particuliérement pour elle une manne cachée, & inconnuë à la plus part des hommes ; elle y avoit recours dans toutes ſes neceſſités, comme à un remede toujours preſent & toujours efficace a toutes ſes infirmités ; comme a une reſource infaillible & univerſelle à toutes ſes peines ; comme à un azile ſur & impenétrable à tous les efforts de l'ennemi de ſon ſalut ; & penétrée d'une tendre & reſpectueuſe reconnoiſſance, elle ne craignoit pas de dire, que la bonté & la condeſcendance de ſon Dieu pour elle avoit toujours été telle, que de toutes les graces & les conſolations, qu'elle luy avoit demandés, dans la Sainte Communion, il ne luy en avoit jamais refuſé aucune.

Pour oſer parler de la ſorte ; avec qu'elle pureté de cœur ; avec qu'elle vivacité de foy ; quelle fermeté d'eſperance : qu'elle ardeur de charité ? Falloit-il qu'elle s'approcha de la Table ſainte ? Ajouterons-nous avec quelle profonde humilité ? Ah ! celuy qui ſe plait à confondre les vœux des ſuperbes, & qui n'accorde ſes graces qu'aux humbles, pouvoit-il refuſer les plus grandes à une ame, qui toujours contente de ſon Dieu, & jamais contente d'elle-même, trouvoit dans les devoirs de ſa reconnoiſſance autant de ſujets d'humiliation pour elle ? Plus elle recevoit de graces, plus elle s'en croioit indigne : & la qualité de ſervante inutile, dont elle faiſoit un aveu continuel, luy fermoit les yeux ſur tout le bien qu'elle faiſoit, ne luy permettant de les ouvrir, que pour reconnoitre & adorer la main bien-faiſante du maitre qu'elle ſervoit.

De-là cette crainte du Seigneur, qui l'a faiſoit trembler ſur l'état de ſa conſcience, lors même qu'elle auroit pû s'en rendre le témoignage le plus conſolant. Helas ! diſoit-elle, les années s'écoulent, la vie ſe paſſe, & je n'ay encore rien fait pour Dieu, qui a tant fait pour moy ; il m'a prevenu de tant de Benedictions, il ma donné tant de marques de sa protection Divine, de quelle maniére ay-je répondu à ses bienfaits ? quelle penitence ay-je fait de mes pechés?

Vous contiés donc pour rien, ame sainte ? Ces pénibles exercices de votre pieté, ce retranchement des plaisirs de la terre, cette aveugle soumission à toutes les volontés du Seigneur, ces larmes améres que vous versiés sur des fautes, qui, quelques legéres qu'elles fussent, vous paroissoient toujours dignes des pénitences les plus rudes ; en un mot cette régularité de votre vie, qui eût été pour tout autre, que pour vous, une mortification des plus sensibles, & une pénitence des plus austéres. Non, Messieurs, tout cela n'étoit de nulle consideration dans son esprit, & elle y contoit si peu, que penétrée de cette crainte salutaire, qu'une sincére humilité nourrissoit dans son ame, elle demanda au Seigneur qu'il luy plut de luy envoyer quelque croix, qui put luy tenir lieu de pénitence & de satisfaction. Vous écoutates sa priére, ô mon Dieu ! & pour achever de purifier une ame qui vous étoit si chére, vous luy accordates une grace qui nous coute tant de larmes. Mais éloignons encore l'idée de ces tristes jours, où éprouvée par une longue & douloureuse maladie, cette femme juste & fidéle donna à Dieu les derniéres marques de sa fidelité, & aux hommes le dernier exemple d'une solide & édifiante Pieté. Il nous reste à la considerer, comme un modéle achevé de la justice chretienne, dans le parfait accomplissement de tous les devoirs qui regardent le prochain. C'est ce qui me reste à vous faire voir dans le dernier sujet de son Eloge.

SECOND POINT.

Que les hommes soient uniquement redevables à Dieu de tous les avantages qu'ils ont les uns sur les autres, & que ce soit sa providence qui leur marque à chacun sa place & sa condition ; c'est une premiére verité, que l'orgeüil de l'esprit humain ne pourra jamais se dispenser de reconnoitre. Car quelle apparence qu'il soit assez aveugle pour ne pas voir, que la creature n'étant rien d'elle même, elle n'eſt, ce qu'elle eſt que par la Main toute-puiſſante de celuy qui la faite ? Mais que ces mêmes avantages ne ſoient pas tant pour l'utilité de celuy qui les a reçeu, que pour le ſervice de ceux ſur leſquels ils luy donnent quelque ſuperiorité ; & que tous les degrés, par leſquels il s'éleve au-deſſus des autres, ne ſervent qu'à luy marqer les differents devoirs de juſtice, qu'il eſt obligé de leur rendre ? C'eſt une ſeconde verité qui n'eſt pas moins conſtante que la premiére ; mais qu'il n'eſt pas également facile de faire ſentir aux puiſſants, & aux riches du ſiécle. Ceux qui le ſont ſe perſuadent aiſément, qu'ils ne le ſont que pour eux-mêmes, & que placez par la Providence dans un ordre Supérieur : ils n'ont de liaiſon avec le reſte des hommes, que pour en recevoir des hommages, & les faire ſervir à l'affermiſſement de leur fortune, ou à l'oſtentation de leur faſte. Se trouvent-ils dans l'abondance des biens de la terre ; ils ne les regardent que comme un fond deſtiné, ſoit à ſoutenir l'éclat de leur naiſſance, ſoit à fournir aux frais d'une vie riante & voluptueuſe. Ont-ils du crédit & de l'authorité ? ils ne cherchent dans l'un, que les moyens de remplir les vaſtes projets de leur ambition ; & dans l'autre que le droit d'éxiger de ceux qui leur ſont ſoumis, des complaiſances génantes, & peut-étre la facilité de nuire impunément, à ceux qui leur réſiſtent.

Il n'eſt pas même juſqu'aux talents de leur eſprit, dont-ils n'abuſent pour ſe ſatisfaire ; appliquez à former & à conduire des intrigues, ils croient qu'ils n'ont reçus des genies ſupérieurs, & une intelligence dominante que pour ménager à propos ce qui peut ſervir à leur deſſeins, & pour écarter avec addreſſe ce qui peut les traverſer, pour ſurprendre la ſimplicité des uns, tromper la vigilance des autres, ſacrifier tout en un mot à leur interêt & à leur ambition ; & comme ils s'imaginent que la nature & la fortune ne travaillent que pour eux, ils pretendent que tout leur eſt dû, & qu'ils ne doivent rien à perſonne.

Le Prince de Conti dans son traitté des devoirs des Grands.

Quoy cependant de plus injuste que cette pretention ? Un grand Prince de nos jours detrompé des erreurs de son état, raisonne sur un principe bien different. Je n'hésite pas de l'emprunter de luy dans une matiére, ou son témoignage ne peut-être suspect. Un homme, dit-il, que la Providence a distingué des autres hommes par les avantages de la naissance, de la nature, ou de la fortune, n'est autre chose dans les desseins de Dieu, que l'homme du prochain ; tous ces avantages, qui forment sa distinction, n'étant point des qualités, qui soient attachées à son être ; elles ne sont à proprement parler, que des ministéres & des fonctions qu'il est obligé d'exercer pour l'utilité des autres ; tout ce qu'il a reçeu de biens, de dignitez, de puissance, de genie, de penétration, de sagesse, il ne la reçu que pour en faire des épanchemens continuels & gratuits sur ceux qui ont besoin de son secours ; & l'étenduë de son pouvoir, n'est que la mesure des obligations que la justice luy inspire.

Qui comprit jamais mieux cette grande vérité ? & qui la mit plus réligieusement en pratique, que la Femme Juste dont nous regrettons la perte ? Non-seulement la Providence l'avoit distinguée de la foule des hommes par l'elévation de son rang, & par des benédictions temporelles, necessaires pour s'y maintenir : les mains du Trés-haut luy avoient encore formé un de ces heureux naturels, qui semblent être fait exprés pour mériter l'estime, le respect, & la confiance de tout le monde ; la bonté, la douceur, la moderation, la droiture, la modestie étoient comme le fond de son ame ; la sagesse, la docilité, le discernement, la penétration, la vérité formoient le caractére de son esprit ; & toutes ces aimables qualités se rencontroient en sa personne dans un temperament si juste ; que l'une ne diminuoit rien du merite de la perfection de l'autre.

Indulgente par inclination, mais équitable par reflexion, si elle excusoit aisément ce que la necessité ne l'obligeoit pas de blamer, elle ne se livroit jamais à des complaisances, que l'on put ou accuſer de foibleſſe, ou ſoupçonner de flatterie ; elle ſavoit rendre à chacun ce qui luy étoit dû, avec cet air de modeſtie, d'intelligence, & de dignité tout enſemble, qui faiſoit trouver dans ſes corrections preſque les mêmes charmes que l'on trouvoit dans ſes loüanges. Rien d'extréme n'entroit dans ſa conduite ; la moderation y préſidoit par-tout, elle ſe communiquoit avec bonté ; mais elle s'obſervoit avec prudence, elle connoiſſoit toutes les bien-ſeances de ſon état, & les gardoit avec exactitude ; mais elle ne les affectoit pas avec oſtentation : l'on pouvoit y manquer à ſon égard par ignorance ou par inattention ſans encourir ſa diſgrace ; elle croyoit ne pouvoir s'en diſpenſer à l'égard de perſonne, ſans avoir une injuſtice à ſe reprocher ; ſoit qu'il falut ſe rendre aux avis des autres, ſoit qu'il falut ramener les autres au ſien : elle agiſſoit avec tant de ſageſſe que ſes deferances étoient toujours obligeantes, & que la ſupériorité de ſes lumiéres ne prenoit jamais d'aſcendant capable de faire de la peine ; perſuadée qu'il y a un tems de parler, & un tems de garder le ſilence ; elle uſoit avec un diſcernement ſi juſte de l'un & de l'autre, que l'on étoit également charmé, & de ſa ſincerité dans ce qu'elle diſoit, & de ſa diſcretion dans ce qu'elle croyoit devoir taire : en un mot, ſon merite étoit non-ſeulement rare, il étoit parfait, & dans un ſiécle, où la malice n'épargne rien, & ou la vertu même ſe met difficilement à couvert de la cenſure ; ſa réputation étoit ſi-bien établie, que l'on peut dire d'elle, ce que l'Ecriture dit de Judith, que la médiſance n'oſa jamais ouvrir la bouche pour donner atteinte à l'eſtime generale, qu'elle s'étoit aquiſe, *nec erat qui loqueretur de ea verbum malum.* Judith. c. 8.

Avec des avantages ſi capables de dominer ſur l'eſprit, & ſur le cœur des hommes ; qu'elle ambition & qu'elle vanité n'eût-elle pas été en état de ſatisfaire, ſi ſon Eſprit & ſon Cœur avoient pû étre ſeduits par la vanité, & par l'ambition, mais qu'elle en étoit éloignée ? Il ſembloit qu'elle n'avoit de l'eſprit, & effectivement elle n'en avoit, que pour remplir avec plus d'exactitude les devoirs que la justice & la charité luy imposoient à l'égard du prochain : vous la representerai-je d'abord renfermée dans le cercle de sa Famille, comme cette Femme vertueuse, dont le Sage nous fait le portrait ?

Vous le savés, Jllustres Enfants d'une si digne Mere, qui me faites l'honneur de m'écouter ; vous savés si jamais Femme me-
Eccli. 26. rita mieux d'être appellée un present du Ciel, la Couronne
Prov. 31. & la gloire de son Epoux, la joye & la felicité de sa Famille ; vous savés qu'elle fut toujours son application à tous les devoirs de son état ; manqua-t-elle jamais à rien de ce qu'elle devoit, ou de soumission à l'authorité de son Epoux, ou d'attention à votre éducation, ou de vigilance au bon ordre de ses domestiques ? Qu'elles déferences plus tendres, & plus respectueuses que celles qu'elle eût pour les volontés d'un Epoux auquel elle s'étoit fait une inviolable loy, de soumettre les siennes ? Quelle complaisance trouva-t-elle difficile, quand il s'agissoit, ou de s'accommoder à ce qui pouvoit se rapporter à ses inclinations, ou d'éviter ce qui y auroit pû y être contraire ? Avoit-elle des lumiéres & des sentiments, qu'elle ne fut toujours préte à sacrifier au devoir de son obéissance, & aux régles d'une juste & légitime subordination ? Persuadée que c'est Dieu qui les a établi ces régles, pour conserver la paix, & la tranquilité dans les mariages chrétiens, elle ne douta pas, que ce ne fut pour elle un devoir de justice de s'y conformer ; & qu'obligée par une immuable Loy de la Divine sagesse de réconnoitre dans la personne de son Epoux, la qualité de son chef, rien ne pouvoit la dispenser des soumissions qu'elle luy rendoit. De la cette belle & heureuse union, qui regna toujours dans sa famille, & qui representoit si-bien l'union de Jesus-Christ avec son Eglise ; de-là cette parfaite estime & cette tendre confiance que le cœur d'un Epoux, recommandable par sa droiture & par son discernement, autant que par son rang & par sa naissance, ne pû jamais luy

refuser, & dont il luy donna des marques si sensibles, jusqu'au dernier moment de sa vie.

C'étoit une justice qu'il rendoit à son tour au mérite d'une Femme juste, de laquelle on pouvoit dire avec le Sage, que semblable Eccli. 26.
à l'astre qui régle nos jours & nos saisons: elle répandoit avec une application toujours égale, & toujours infatigable; les lumiéres de sa sagesse & de sa vertu dans toutes les parties de sa maison; & rendoit exactement à tous ceux qui la composoient, ce quelle leur devoit ou en qualité de Mere, ou en qualité de maitresse, de soins & de vigilance. Mere véritablement digne de l'admiration & de l'éternel souvenir des gens de bien. Qu'elles precautions ne prit- 2. machab. 7.
elle pas, quel repos ne sacrifia-t'elle pas; pour rendre à Dieu, par une éducation chrétienne, des enfans qu'elle regardoit comme de précieux dépots, que la Providence luy avoit confiés? Crû-t'elle pouvoir se décharger sur des soins mercenaires de l'obligation de les instruire des vérités de la Religion; de leur inspirer l'amour de la vertu, & l'horreur du vice? j'ose en atester ici leur conscience.

Se rendre éxacte aux devoirs de la pieté chrétienne; adorer Dieu & le faire adorer aux autres, respecter les choses saintes, aimer la droiture & l'équité, être touché de compassion sur les besoins du pauvre, & rompre volontiers son pain avec luy, renoncer à ses propres interêts plûtot, que de nuire à ceux du prochain, agir en toutes choses par des principes d'honneur, de probité & de conscience, ne sont ce pas des maximes, dont ils reconnoissent aussi-bien que Salomon qu'ils ne sont redevables qu'aux instructions de cette incomparable Mere. *Visio qua erudivit eum Mater* Prov. 31.
sua. Leur dirai-je que ses soupirs les plus ardents, ses larmes les plus tendres, ses priéres les plus ferventes sollicitoient sans cesse le Pere des miséricordes de repandre sur eux l'esprit de sa grace, & de ne permettre pas, que s'écartant des sentiers de la justice & du salut, ils s'égarassent dans la voye des pecheurs. C'étoit-là, tendre & pieuse Mere, ce que vous regardiés comme le sujet le plus digne de vos saintes inquiétudes. Mais rassurés, nous osons vous dire avec

S. Ambroise. un saint Evêque que des enfants de tant de soins, de larmes, & de priéres ne sçauroient perir.

Mais nous étonnerons-nous ? que tel ait été son empressement pour le salut de ces chéres portions d'elle-même ; & que sa justice ait été si éxacte à leur rendre ce que non-seulement les ordres de la Providence, mais les Loix de la nature éxigeoient d'elle ? puisque la seule qualité de domestique étoit à son égard un titre, auquel Elle se croyoit redevable des mêmes soins & de la même 1. Tom.5 vigilance. Instruitte de cette grande maxime de l'Apôtre, que „ celui qui n'a pas soin du salut de ses domestiques a renoncé à sa foy, qu'il est même pire qu'un infidele, & penetrée d'une sainte frayeur à la vuë d'une obligation si importante, elle ne se contentoit pas d'éxercer elle-même à l'égard des siens cette espece de ministére, qui donne aux simples les premiéres connoissances des verités chretiénnes, de leur faire sentir l'importance du salut, de les porter par ses exhortations à la frequentation des Sacrements & à l'accomplissement de tous les devoirs de la réligion ; elle entroit encore avec une sainte inquiétude dans le détail de leur conduite, de crainte que par sa negligence quelque desordre, trouva avec la facilité de se cacher à ses yeux, celle de se commettre impunément. A l'éxemple de la Femme forte : elle deroboit à son sommeil le tems, qu'elle jugeoit nécessaire pour veiller à leurs démarches &
Prov. 31. „ pour considerer atentivement les differentes routes de sa Maison;
Josue 24. „ résolüe de n'y souffrir personne, qui ne prit avec Elle le parti de servir le Seigneur ; Elle étoit sans cesse sur ses gardes, pour en
Ps. 100. „ écarter ceux, qui auroient pû où en troubler la Paix par l'enflure de leur cœur, où en corrompre l'innocence par l'impieté de leurs discours. Sera-ce aprés cela se former de sa Maison une idée trop avantageuse, de la comparer à ces Familles saintes du Chri-
Rom. 16. stianisme naissant, que l'Apôtre apelloit des Eglises domestiques, „ *domesticas Ecclesias* ? Le bel Ordre qui y regnoit, les salutaires Instructions qui s'y donnoient, les exemples de pieté qu'on y remarquoit, les exercices de Religion qu'on y pratiquoit, ne justifiroient-ils pas une si glorieuse application ? & ne sont-ce pas autant

tant d'images, de ce qui se passoit dans les assemblées des Fidéles, lorsquelles méritoient encore d'étre appellées des Assemblées de „ Saints. ô ! qu'il est vray ce que dit le Sage, que la prudence d'une Prov. 14.
„ Femme Juste & attachée aux devoirs de son état, est un fondement solide, pour élever une maison Sainte ; & une source de Eccli. 25.
Benédictions, pour ceux qui ont le bonheur de composer sa Famille, & de profiter des fruits de sa Justice & de sa Sagesse.

Ils ne demeurerent pas ces precieux fruits renfermés dans le secret de l'Illustre Famille de notre vertueuse *Baronne* ; l'étranger y eut part comme le domestique, & pour peu que l'on eut de liaison avec elle, on se ressentoit des effets d'une Justice bien-faisante, qui, incapable de nuire à personne, cherchoit à se rendre utile à tout „ le monde ; sa bouche toujours ouverte à des paroles de sagesse, Prov. 31.
& la loy de la douceur repanduë sur sa langue ; elle se faisoit une sainte étude de sauver, par sa charité, des réputations, que la malice du siécle, se fait un cruel plaisir de détruire par l'iniquité de ses jugements & de ses médisances. La droiture de son cœur ne luy permettoit pas de penser le mal, & l'innocente adresse de son Esprit trouvoit toujours d'ingenieuses & de charitables repliques aux raisons, que les autres croyoient avoir d'en penser.

C'étoit sa maxime, que la complaisance en ces rencontres est une injustice & une lacheté tout ensemble, que ne pas faire taire le medisant, quand on le peut, c'est ou approuver son crime ou n'avoir pas assés de force pour ne l'approuver pas, c'est ou nourrir le serpent qui pique, ou n'oser entreprendre de guerir les blessures qu'il fait ; en un mot, rien ne luy paroissoit plus indigne d'un cœur bien né & d'une ame chrétienne, que de préter sa langue & ses oreilles à des conversations, où l'on se joüe de la reputation d'un absent, que souvent on combleroit d'éloges s'il étoit present. Que les autres applaudissent aux traits ingenieux qui partent de la langue du detracteur, & que du crime le plus noir ils se fassent un sujet de divertissement : pour elle, son esprit trop solide pour prendre part à des plaisirs si criminels, savoit faire parler jusqu'à son silence, pour exprimer l'horreur qu'elle en avoit, & c'est ce que le

S. Esprit loüe si hautement, quand pour nous aprendre à quelles marques l'on peut reconnoitre l'homme juste & innocent, il dit que c'est celuy auprés duquel l'opprobre & la médisance contre ses freres n'a point trouvé d'accés; *qui opprobrium non accepit*
Ps. 14. „ *adversus proximos suos.*

Tant d'éloignement pour ce qui pouvoit nuire au prochain, doit bien nous répondre de l'attention qu'elle avoit pour ce qui pouvoit le servir. Que ne puis-je vous découvrir ici le fond de cette Ame genéreuse, tendre & complaisante ? A quels besoins du prochain manqua-t-elle jamais, quand il dépendoit d'elle d'y apporter du secours ? Son cœur ne sembloit-il pas tenir, pour ainsi dire, à toutes les miséres d'autrui, par la compassion qui étoit née avec elle ? qui peut se pleindre d'avoir versé en sa presence des larmes, qu'elle ne se soit efforcée d'essuier, ou par des bien-faits presents, ou par des Esperances consolantes ? le plaisir de faire du bien n'étoit-il pas plus sensible pour elle, que ne l'étoit pour les autres celuy d'en recevoir ? & les miseres qu'elle n'étoit pas en état de soulager, luy faisoient-elles moins de peines, qu'à ceux qui les souffroient ? L'on contoit tellement sur cette genéreuse disposition de son Ame, qu'on luy découvroit avec confiance les besoins les plus cachés, & qui demandoient, à l'égard de tout-autre, le secret le plus profond : persuadé que l'on trouveroit toujours quelque réssource ou dans la sagesse de ses conseils, ou dans le secours de ses liberalités, ou dans le crédit que luy donnoit son rang, & que son mérite personel luy avoit aquis. On savoit que dans un siécle, ou rien n'est plus rare que les solides amis, & ou chacun replié sur soy-même, se fait un point d'habilité de ne se preter au besoins d'autruy, qu'autant que ses propres interêts se retrouvent dans les services qu'il peut rendre : *Madame Delz* ne suivoit que la bonté de son Cœur, & ne cherchoit que la Noble satisfaction de faire du bien, quand de son propre fond & par son credit elle se trouvoit en état d'en faire.

Mais qui se ressentit mieux des effects de cette inclination bien-faisante, que vous membres affligés de JESUS-CHRIST ?

Quelle ressource plus assurée pour vous, que le Cœur de cette tendre & charitable Mere, qui ne se réfusoit jamais à vos bésoins, & qui à l'exemple du Dieu qu'elle adoroit, étoit pour vous un Cœur riche en misericordes ? l'Ecriture ne parle presque point de l'aumône qu'elle ne l'appelle une justice & une dette, & selon son langage la réfuser au pauvre, c'est-luy ravir par un odieux larçin un bien qui luy appartient; c'en devroit être assés pour faire trembler ces Riches du Siécle, pour troubler le fatal repos de ces femmes opulentes, (dont parle le Prophéte) qui endurcies par l'orgeüil de leur condition, & par la délicatesse de leur personnes, ont des entrailles cruelles pour les miséres du pauvre. Quelle injustice n'aura pas à leur reprocher le juste Juge, quand il leur demandera conte de ces grands biens, qu'ils ont reçu de sa Main liberale, & dont une partie étoit destinée par l'ordre de sa Providence, au soulagement des pauvres & des orphelins ?

Mais il n'en falloit pas tant pour inspirer à notre charitable Deffunte les sentimens d'un cœur tendre & misericordieux : l'amour qu'elle avoit pour JESUS-CHRIST la sollicitoit sans cesse en faveur de ses membres, & tout ce qui luy representoit ce Dieu souffrant, étoit l'objet de sa compassion & de son estime.

Tantôt entourée de pauvres (& quand ne le fut-elle pas ? Elle dont les pauvres pleurérent la perte avec des larmes & des gémissemens, qui attendrirent toute une Ville, lorsquelle en sortit pour aller passer dans la retraite le reste de ses precieux jours :) environnée, dis je, de pauvres, qui étoient toujours à sa suitte, elle les écoutoit avec cette patiente douceur, qui porte la consolation dans l'ame, en même-tems que l'aumône est reçûe dans la main du pauvre.

Tantôt, ingenieuse à decouvrir les miséres secretes, sa charité penétroit jusques dans ces tristes & sombres lieux, ou la honte renferme la pauvreté & la langueur ; ou des familles désolées poussent des gémissemens d'autant plus amers sur les maux quelles souffrent, que la crainte de l'infamie ne leur permet pas de les faire éclatter. C'est ici que j'admire, & qui ne l'admireroit avec moy ? Cette ſainte adreſſe de la charité Chretienne, qui ſçait verſer ſi à propos, & avec tant de prudence ſes benédictions, que non-ſeulement la main droite ignore ce que fait la gauche, mais que le pauvre même ne voit pas quelque-fois la main d'où luy vient le ſecours, & qu'il a la conſolation de le trouver, ſans avoir la confuſion de le recevoir.

Je ne dis rien dont mon ſujet ne me fourniſſe des preuves, & s'il étoit permis de lever le voile, ſous lequel cette charitable Femme couvroit les miſtéres de ſa charité ; que l'on verroit d'innocences ſauvées de la tentation du crime : d'accablantes triteſſes ſecouruës contre la fureur du deſeſpoir ; de langueurs & d'infirmités delivrées du danger de la mort & de la crainte de l'infamie, ſans que l'on ait vû paroitre la main, à laquelle on étoit redevable de tous ces bien-faits.

Mais pourquoi parler de ces innocents artifices, qu'une charité diſcrete a pris tant de ſoins de cacher dans une profonde & impenétrable obſcurité ? N'aurions-nous pas (ſi le tems nous permetoit de tout dire) tant d'autres œuvres de miſericordes à publier ; qui ont eû pour témoins & pour admirateurs les yeux du public, qu'elle inſtruiſoit de ſon devoir, en l'édifiant par ſon exemple.... Les Monaſtéres, qui n'ont que la croix & la pauvreté de JESUS-CHRIST pour poſſeſſion & pour héritage : ne ſeroient-ils pas ravis de luy rendre par notre miniſtére, le juſte tribut de leur reconnoiſſance, & de faire connoitre au monde, combien de fois ils ont éprouvé, par les ſecours de ſes liberalités, les ſoins de la Divine Providence ſur eux. De vertueuſes Dames, que la charité a aſſociées pour le ſoulagement des pauvres, n'écouteroient-elles pas avec plaiſir le recit, de ce que fit *Madame Delz*, pour former & pour ſoutenir leur ſainte union ? les tendres ſolicitudes qu'elle leur inſpira, le zéle dont elle les anima dans la pratique d'un œuvre ſi chétienne ; la force qu'eût ſon exemple pour les engager, à ſubſtituer leur voix & leur mains à la voix & aux mains du pauvre ; afin de luy épargner, ou la peine, ou la honte de demander & de recevoir luy-même les ſecours, dont il avoit beſoin.

Enfin, ne pourrions-nous pas rappeller ces calamités publiques, & ces affreuſes ſterilités, où ſelon le langage du Prophéte, le Ciel devenu comme d'Airain, ſembloit ne plus entendre nos cris & nos gemiſſements, & la terre comme maudite ſous la main du laboureur, ne produiſoit que des ronces & des épines : où reduits aux plus cruelles extrémités de la faim, des peuples ſans nombre ne preſentoient de toute part, que les triſtes images de leurs miſéres, & avoient à peine la force de diſputer à la mort, les foibles reſte d'une vie languiſſante : où la crainte d'éprouver la diſgrace du pauvre ſervoit de pretexte à la dureté du riche, & deſtinoit à des beſoins éloignés & imaginaires, les remédes qu'elle refuſoit à des maux preſents & réels ? Ne trouverions-nous pas une ample matiére à étendre ſon Eloge, ſi nous y voulions faire entrer toutes les miſericordes, qu'elle exerça dans ces préſſantes rencontres ? Qui ne ſçait, que loin d'écouter ces timides réflexions d'une fauſſe & cruelle prudence ; ſes aumones croiſſoient avec les miſeres publiques ? Que plus attendrie ſur les maux qu'elle voyoit ſouffrir, qu'inquiéte de ceux qu'elle pouvoit craindre, elle ne mettoit point d'autres bornes à ſa charité ; que celles que la Providence avoit donné à ſon pouvoir, ſe retranchant ce que d'autres auroient pris pour neceſſaire,
„ afin d'aſſiſter les pauvres à l'exemple des premiers Chrétiens, 2. Cor. 8.
de Macedoine. Non ſeulement ſelon ſes forces ; mais en quelque maniére, audelà de ſes forces, que le riche intereſſé regarda ces tems calamiteux, comme de favorables occaſions, que la fortune offroit à ſa cupidité pour augmenter ſes tréſors : elle n'auroit ſouhaité que de pouvoir multiplier ſon pain pour raſſaſier une multitude affamée, & elle eut mieux aimé de courir le riſ-
„ que d'en manquer elle-même, que de vivre dans l'abondance, 1. Jois 17.
& de fermer ſon cœur aux neceſſités qu'elle voyoit ſouffrir à ſes fréres.

Vous ſeul, ô mon Dieu ! qui étiés l'objet d'une charité, ſi

pleine & si universelle, vous seul la pouvés dignement recompenser, & sans sonder ici la profondeur de vos conseils, n'avons-nous pas pour nous les consolations de la Foy, & l'esperance des écritures, que vous avés déja reçû dans le sein d'Abraham cette Femme juste, dont le Sein fut toujours l'azile des lazares infortunés.

Mais nous la representerons nous dans le sejour de l'immortalité avant que de l'avoir contemplée dans les ombres & dans les tenébres de la mort ? Ces ombres n'ont-elles pas leur éclat, & ces tenébres leur lumiére, pour nous decouvrir les demarches du juste dans les voyes de l'éternité ? oüi, Mesieurs, une mort semblable à celle que nous pleurons, ne peut que reveiller en nous, avec le desir de mourir de la mort des justes, celuy de les imiter dans la sainteté de leur vie. Si c'étoit ici une de ces morts dont on ne se console que par quelques marques de Christianisme, que donnent les mourants, dans la reception précipitée des Sacrements de l'Eglise : loin d'être pour nous un objet d'imitation, ce ne pourroit être, qu'un sujet de crainte & de frayeur ; mais une mort comme celle qui nous assemble aujourd'huy au tour de ce tombeau, une mort prévuë de loin, preparée & comme retracée par avance, dans toutes les actions d'une vie véritablement chrétienne ; atenduë avec patience, & reçuë avec cet esprit de paix, qui est le privilége de ceux qui s'endorment dans le baiser du Seigneur, une telle mort ne peut être qu'une instruction bien édifiante pour les vivants.

Nous l'avons vû, diroi-je ce triste ou plûtot ce Réligieux spectacle ; & en le voyant nous avons vû ce que la Réligion montre de plus consolant dans la mort des justes : le Saint Esprit dit, que le juste surpris par la mort, se trouvera dans le rafraichissement, & que la Femme vertueuse se réjoüira dans le dernier jour. Notre pieuse Défunte en a fait une heureuse expérience ; la mort parut à ses yeux, & cet objet si capable de porter le trouble & la frayeur, dans les plus intrépides, ne l'étonna pas : elle s'y étoit comme familiariſée, pendant le cours d'une longue & douloureuſe maladie ; à chaque inſtant elle avoit appris à mourir, parce que chaque inſtant, emportoit une partie d'elle-même, & luy faiſoit ſouffrir une nouvelle & plus ſenſible diminution de vie : enfin, aprés tant de morts redoublées, qui l'avoient préparée à voir approcher celle qui devoit conſommer ſon long martire : elle la reçeut ſans crainte & ſans foibleſſe.

Elle la reçeut ſans crainte & ſans foibleſſe ; je n'en dis pas aſſez : elle reveilla toute la ferveur de ſa pieté, pour aller au-devant de l'Epoux Celeſte, avec une lampe ardente, & remplie de l'huile de ſa grace : elle le vit paroitre dans l'adorable Sacrement de nos Autels ; & l'oin de regarder cette derniére grace, comme un triſte préſage de ſa mort ; ſa foy plus vive que jamais, l'a luy fit enviſager comme le gage de ſon immortalité bien-heureuſe, & comme la ſemence de ſa Reſurrection future. Soumiſe à toutes les volontés de cet arbitre Supréme, de la vie & de la mort, & ſaintement indifferente, pour l'un & pour l'autre : elle remit tous ſes interêts avec une tendre & ferme confiance, entre ſes mains, & luy rendant amour pour amour, elle receüillit toutes les puiſſances de ſon ame, pour ne s'occuper que de luy, & pour joindre aux ſentimens d'une profonde adoration, ceux d'une humble reconnoſſance de toutes les graces qu'elle avoit puiſée pendant ſa vie, dans ce divin Sacrement, comme dans une ſource toujours feconde, & toujours intariſſable pour elle.

Eſt-ce aſſez, & aprés des diſpoſitions ſi ſaintes, en eſt-il quelqu'autre que l'on puiſſe deſirer dans la mort des juſtes ? Le Seigneur l'a dit, qu'un jugement ſans miſericorde, attend celuy qui n'aura pas fait miſericorde ; & c'eſt pour éviter l'effet d'une ſi terrible menace, que les miniſtres de l'Egliſe n'oublient rien, pour arracher du cœur des mourants, tous les ſentiments de haine & d'averſion, qui leur pourroient reſter contre les vivants. Mais reconciliations ſouvent forcées ; pardons souvent accordez à notre importunité, combien de fois cachez vous les inimitiés les plus profondes, sous les paroles de paix, que nous sugerons, & dont il ne revient à nous que quelques foibles échos ? Ah ! si nous avions la consolation d'entendre sortir de la bouche des mourants, ces paroles dignes d'être gravées sur l'Airain de l'immortalité, que nous avons receüillies avec un Réligieux étonnement de celle de notre pieuse défunte : (*je n'ai jamais voulu mal à personne :*) quelle douce esperance pour nous ; & pourrions-nous douter ? ô mon Dieu ! que vous n'eussiez des pensées de paix & de misericorde, pour des ames qui n'en auroient jamais eu d'autres : (*je n'ai jamais voulu mal à personne* ;) qu'il faut étre enraciné dans cette charité, douce & patiente qui souffre tout, qui ne s'irrite de rien pour se rendre un témoignage si consolant ? Une Femme juste & fidelle, en presence du Corps Adorable de Jesus-Christ, à la vûe des derniers Sacrements de l'Eglise, préte à paroitre devant le Tribunal de son Dieu, a osé se le rendre, & nous savons que son témoignage est vray, *scimus quia verum est testimonium ejus.*

Témoignage qui fut sans doutte une des sources de cette profonde paix & de cette parfaite tranquilité, dont joüissoit son ame au milieu des douleurs qui déchiroient son corps, & jusque dans ces terribles moments, où la mort armée de toutes ses horreurs fait sentir au mortel que tout va finir pour luy. Quel spectacle plus surprenant que de voir cette ame autrefois si penetrée de la crainte du Seigneur, & qui à l'exemple du saint homme Job trambloit sur ses actions les plus innocentes, de peur que celuy qui juge les justices & qui trouve des taches jusques dans le Soleil ne les trouva pas assés pures à ses yeux, de la voir dis-je aussi tranquille aux approches de la mort ; que si elle eut oublié qu'il y eut pour elle un jugement à subir aprés la vie ? D'où pouvoit venir ce changement ; & qui a pû la rassurer contre cette crainte, dans un tems où il semble qu'elle devroit faire de plus vives impressions ? N'est-ce pas vous, ô mon Dieu ! qui avez voulu faire paroitre toutes vos misericordes,

misericordes, dans la conduite que vous avez tenüe avec une ame, dont la misericorde avoit reglé toutes les pensées, & tous les jugements; pouviés-vous refuser votre paix à une ame si pacifique, & souffrir qu'un cœur ou regna toujours la douceur & la charité, n'éprouva pas la verité de cette parole si consolante du Sage que la fin de l'homme juste, qui vous a craint pendant sa vie, sera pour luy un tems de graces, de paix & de benedictions *Timenti Dominum bene erit in extremis & in die defunctionis suæ benedicetur?* Eccli. 1.

Ainsi tranquille jusqu'au bout dans la meilleure partie d'elle-même, elle ne pensoit qu'à unir ses souffrance avec celles de JESUS-CHRIST, afin que santifiées par le même esprit elle ne fissent, qu'une même passion avec la sienne. Superieure mais non pas insensible aux douleurs qu'elle souffroit, elle renfermoit au dedans d'elle-même tout le mérite de sa patience, & réprimoit par les mouvements de la grace, tous ses mouvements de la nature, il ne luy en échapoit aucun qui marqua, ou quelque repugnance à souffrir, ou quelque impatience à souffrir trop long-tems; mais, enfin, le tems de la consommation de son long & douloureux martyre approche, l'Eternité s'avance, le temps va n'être plus pour elle, l'Epoux frappe à la porte, elle entend sa voix, & maitresse encore de tout son esprit dans un corps déja à demi glacé, elle trouve assés de forces pour nous avertir elle-même, qu'il est tems de recommander son agonie au Seigneur par les derniers suffrages de l'Eglise. Quelle force, quelle presence d'esprit, dans un temps, où les horreurs de la mort troublent & confondent toutes les pensées du mourant, où les yeux éteints & tous les sens frappés d'une stupeur mortelle ne presentent à l'ame, que des objets confus & incertains? Mais vous avés, Seigneur, dans le tresor de vos misericordes des graces privilegiées pour vos Elûs; leur mort, que l'Ecriture appelle un sommeil, n'a rien de ces spectacles effrayants que l'on remarque dans celle des pecheurs: vous étendés sur-eux les ailes de votre protection, & éloignant d'eux tous les objets de crainte & de frayeur, ils s'endorment paiſiblement dans le ſein de votre amour. Ainſi avons-nous vû mourir cette Femme Juſte & fidelle, dont la mort auſſi-bien que la vie a été pour nous un parfait modéle de la pieté & de la charité chretienne.

Puiſions-nous en profiter! Et tandis qu'elle repoſe dans le ſein de la paix; avoir toujours preſentes dans nos eſprits les routes, qu'elle nous a marquées, & que nous devons ſuivre pour y arriver avec elle. Car helas! que faiſons-nous, & à quoy aboutiront tous les mouvements de notre vie; s'ils n'aboutiſſent à ce terme? Seduits par la figure de ce monde, qui paſſe, nous paſſons ſans ceſſe avec elle, & viendra le moment fatal, où elle diſparoitra tout-à-fait à nos yeux. Heureux alors celuy qui à l'exemple de la Femme juſte & fidéle, que nous venons de loüer ne s'y eſt jamais attaché; mais convaincu de la vanité de toutes les choſes d'ici-bas, a ſçu ſe faire par ſa pieté, ſa juſtice, & ſa charité un tréſor de bonnes œuvres, qui demeure dans les ſiécles des ſiécles.

A M E N.

www.ingramcontent.com/pod-product-compliance
Ingram Content Group UK Ltd.
Pitfield, Milton Keynes, MK11 3LW, UK
UKHW021209230726
13926UKWH00001B/399

9 782014 086669